名もない人こそヒーローさ

池上喜美子

郁朋社

名もない人こそヒーローさ／目次

装丁／根本　比奈子

輝く三百六十五日

少年が一人、街はずれの公園のベンチに今日もやってきた。

一匹の小犬が彼の足もとで無邪気にじゃれている。

「今日も一人かい？」

少年は言った。

「にいちゃんも？」

小犬が言った。

公園はひっそり。この一人と一匹以外だれも通らない。

十二時の鐘が静まり返った公園の隅々に響き渡るように鳴り始めた。

「早くお弁当にしようよ」

小犬は言った。

「今日は何かな？」

少年は中学生。彼は母親の作った愛情たっぷりの手作り弁当を広げた。

「わぁ、すごい！　僕はウインナーがいい」

小犬は言った。

「一つだけ！　僕だってお気に入りなんだから」

彼はしぶしぶ小さめのウインナーを小犬に分け与えた。

少年は無言で母親の弁当に舌つづみを打っている。

「もっと！」

小犬は舌なめずりを繰り返す。

「おかかのおにぎり、漬物のきゅうり！　これで最後だよ」

小犬は少年が出し惜しみしたおにぎりときゅうりを一口で飲みこんでしまった。

「もう食べたのかい？」

「にいちゃん、今日も学校休みなの？」

省u「は言った。

「学校なんてまっぴらさ！」

「どうして行かないの？」

「あんなところ行っても無駄さ」

彼らは弁当を食べ終えるとぼんやりベンチで一時の鐘を待っていた。

やがて一時の鐘が鳴り始めた。

*

公園は活気を取り戻したように、ざわめき始めた。

いつもやってくる幼稚園児、黄色いかばんにピンクのスモック姿、彼らは幼稚園が終わると公園のあひるのブランコがお目当てで毎日やってくる。

「今日は遅くないかい？」

「来た、来た！　ほら、あそこ！」

少年と小犬は同時に時計台の向こうを見た。

三人の小さな園児たちが転がるように走ってくる。

やがて彼らのベンチの前のブランコまで突進し、空高く元気にブランコをこぎ始めた。

ややもすれば一回転しそうなくらいの勢いである。

「エイちゃん、恐くないの？」

女の子はだんだん顔が青ざめていった。

「弱虫だなあ、これくらい」

二人の男の子はなだめるように言った。

少年はこの光景を見るのが唯一の楽しみであった。

小犬はブランコに乗せてと園児たちのそばまでかけより、ちぎれるくらいしっぽを振っている。

やがてブランコに飽きた園児たちは、さっさと黄色のかばんをかけ、飛ぶように公園を後にした。

少年は公園の時計を見上げた。

「あーあ、三時。ゆっくりひまつぶししながら帰ろう」

彼はペチャンコのかばんを肩にかけ、立ち上がった。

「にいちゃん、あしたはそろそろ学校へ行った方がいいよ」

小犬は言った。

＊

少年は家までの道をうつむきながらゆっくりゆっくり歩いている。

わずか二十分の道のりが少しでも延び、家に少しでも遅く到着するようにと……。

とうとう家が見え始めた。帰らなければならない……少年は寂しくつぶやいた。

垣根の前でまだためらっている。

三十分後、やっと彼は思い切って門をくぐり玄関のドアを開けた。

「おかえり。ケイちゃん」

母親はエプロン姿でキッチンののれんごしに微笑みながら言った。

「……」

「今日は少し遅かったのね」

「……」

少年はいつものように何も答えなかった。

＊

彼は母親の愛情を百も分かっていた。

しかし素直になれなかった。

彼は学校をサボり、毎日公園で園児たちの姿を見たり、小犬と戯れたりしていた。

少年は悩めば悩むほど、どんどん深みにはまりこみ、遥か彼方に行ってしまいそうになる自分が恐かった。

彼の心の中は絶えず幾つもの迷いが占領し、それらが葛藤を繰り返す毎日だった。

そんな彼にたった一つの回路としてせっせと弁当を作る母親の姿、学校をサボってることを知ってか否か、淡々としている母親がかえってうっとうしく感じられた。

＊

ある日の午後、少年はベンチでいつものように小犬を待っていた。

しかしその日は小犬も園児たちも来なかった。

「もう、帰ろう」

少年が立ち上がろうとした時、黒いマントの女が彼の前に立ちはだかった。

「あなた……ケイタ君よね？」

彼女は彼に静かな声で話しかけた。

少年より五歳ぐらいは年上だろうか、透き通るような色白の美人である。

「どうして僕の名前を⁉」

「知ってますとも」

「じゃ、僕のことどこかで見かけられたんですか」

「私は占い師、何もかもが分かるのです」

「えっ？　ほんとですか？」

「そう……」

女はじっと彼を見つめ始めた。

「僕……何か？」

「いいえ、やっぱり言うのよすわ」

「そんなこと言わないで。教えてください」

「でも言ってしまったら……あなたのためにならない……」

「いいんです。どうだって！　どうせ、僕なんて将来に夢も希望も抱いてませんから。だから悩んでるんです」

「その悩みをさらに大きくするってことになりかねないから」

「そう言わないで教えてください……ぜひ……」

「ええ……」

彼女は食い入るように彼を見つめた。

その美しく潤んでいる黒目がちな瞳、彼は彼女に見つめられ、だんだん気が遠くなり始めた。

その時、美しい彼女はふわっと空に舞い上がり、物すごい勢いでマントを翻し鳥のように素早く降りてきた。

そして今までとはうって変わった恐ろしい形相になり、魔女のようなしわがれ声で言った。

「よーくお聞き！　あなたの寿命は長くて一年いや早くて今年いっぱいかも！　フフフフフフフフ、はははははははは」

そう言うと女はさっとマントのすそを持ち上げ翼のように大きく広げると、その場から嘘のように消えてしまった。

＊

彼は恐ろしさのあまりベンチに固まってしまい動けなかった。

ショックは例えようもなく大きかった。

日頃から生きていてもつまらない人生だと毎日を無駄に過ごしていた割には、魔女に告げられた自分の運命を受け入れがたく、なかなか身体に力が入らなかった。

「早くて今年いっぱいか……」

彼はしょんぼりとつぶやいた。

いつの間にか大粒の涙が彼の頬をいく筋も伝っていた。

生きたいという気持ちが、その時体中にみなぎってきた。

「もっと生きたいんだ！　もっと生きていたい！」

彼は立ち上がり大声で死ぬのは嫌だと叫びながら、家まで走っていた。

＊

あの日から、あんなにつまらなく思えた彼のまわりの物、何もかもが輝いて見え始めた。

あの嫌な学校、うっとうしい授業！　そしてしつこい両親……つまらない友達関係……テスト……掃除……。

いつも踏みつけていた道ばたの雑草でさえ、彼に優しくささやいてくれているように思えてきた。

「今年いっぱいか……」

彼は寂しくつぶやいた。

そして今まで何も答えなかった母親にも、ポツリポツリと会話をし始めた。

「母さんとも、もう最後かもしれない」

彼はそう思っていた。

サボっていた学校にも顔を出し友達とも積極的に交わろうとした。

「僕の葬式はやっぱり派手で賑やかなほうがいい」

彼はそう思った。

今まで口もきかなかった担任の先生にも、笑顔を見せるようになった。

＊

彼の変貌ぶりに、まわりは固唾をのんで驚くばかりであった。

「一体何があったんですか」

まわりの大人たちは彼を誉め、何か子供を変えられるきっかけがあるのならぜひ教えてほしいと、母親に尋ねにくるようになった。

母親は何も知らぬままに、適当に笑顔で答えていた。

「私の愛情がやっと報われたんです」

彼は何も言わずその言葉を受け止めていた。

彼は残された命を考えることで精いっぱい。すべてが輝き、いとおしかった。

＊

十二月になった。外は木枯らしが吹き荒れ、その年の瀬はとくに寒かった。

「死にたくない」

夜になるとベッドで暗いことばかりが頭を巡った。

果たして天国へ行けるのか、三途の川はどんなんだろう？　お迎えはだれが来てくれるのだろうか？

やっぱり一人で寂しいよう……。

枕はいつも涙でぐっしょりだった。

「死んだおじいちゃんに会えるかも。死んだシロだって。そうさ、人間はいつか死ぬんだから」

そう言って自分で自分を慰めながらも、この残された日々にピリオドを打つ時を恐れていた。

忘れよう……十二月三十一日まで忘れて暮らそう、そう言い聞かせ自分で結論を出すと、やっと眠りにつけるのだった。

＊

そしてとうとう大晦日、例年ならＴＶにかじりついて歌番組を見ながら、ポテチなどを頬張っていたのだが……。

彼はキッチンで重箱におせちを詰めている母親に、突然抱きついて泣き始めた。

「もっと生きていたい！　死にたくない」

「ケイちゃん悪い夢でも見たの？」

彼は悲しみのあまり母の胸の中で泣き続けた。

あたたかいぬくもりが彼の心を次第にとかし、これで死んでもいい、僕は最高の家族に巡り会えたんだと、その時悟っていた。

彼は母親に、占い師に言われたことを打ち明けた。

「ウソ！　ウソよ！　バカねぇ」

母はさらに彼をしっかりと抱き締めた。

*

新しい年が始まった。

母親は少年を起こそうと彼の部屋のドアを開け、静かにベッドに近づいた。

しかし少年の気配はなかった。ふと、昨夜の彼の告白を思い出し、大声で父親を呼んだ。

恐ろしさのあまり母親の足は震え続けていた。やってきた父親は、後ろから母親を支えるようについていた。

一瞬のためらいの後、父親がベッドカバーごとフトンを一気にはぎ取った時、あっと叫んだ。

少年の姿は消えていた。

父親は大慌てで警察に捜索願いを出した。

その街の元旦の空気をぶちこわすように、両親は家を飛び出し、公園、スーパー、学校などを探り続けた。

しかし少年はどこにもいなかった。

＊

その時、彼は占い師に連れられて長い道程を歩いていた。

それは天国に通ずる道であった。

しかし彼は死ぬために占い師に導かれているのではなかった。

彼は厳しく占い師に説教されていた。

「いい？　もういい加減に人生を考えては駄目よ！　そんなことをしたら今度こそ命はありませんからね！」

そう言って占い師は優しく彼を抱き締めた。

女の人の割にはゴツゴツと骨太だなあと彼は思った。

しかしそのぬくもりに気をよくし目を開けると、レスラーのような筋骨逞しい男がいつの間にか彼を抱き締めていた。

「いいな！　一生懸命生きなさい！　今日が人生の最期かもしれないと思って生きれば、最高の自分が出る。今、君は四次元の世界にいるけど、今度あんな生き方をしたら、世間の何の役にも立たないから、約束どおり死んでもらおう！　とにかく今日のところは帰らせてやる。一年の命と思って必死に頑張った経験を忘れず努力し、物の見方を変えなさい。まだまだ君にはこの世で果たさねばならないノルマがあるんだから……」

男は彼を背中から突き放し、とっとと帰れと大声で叫んだ。

彼は恐怖のあまり後を振り返ることもせずわけの分からない筒のようなトンネルを、腹ばいになりながら必死でくぐり抜けた。

やっと明かりが見え、ふと振り返るといつもの小犬がしっぽを振って立っていた。

そして二、三歩行けば彼の家の玄関が見えた。

名もない人こそヒーローさ

クローン技術の発達はついに生命の起源にまで及んだ。例えば歴史上の英雄や天才たちは、そのデスマスクや写真、肖像画などをコンピューターで解析することでＤＮＡを調べ出し、クローンを生み出す化学式を導き出すことも可能となった。

俗にいう凡人たちは、集まって会議を開いた。

「大したもんだねえ。ここまでくるとは！　だが、ＤＮＡの合成はできても買うには、かなりのもんだそうだ」

ちっとばかりの金持ちが言った。

「家のローンも残ってるし、手の届く値段じゃなさそうだし、いつまでも凡人やってるつもりさ」

守銭奴が言った。

「とりあえず私は買うことに決めている。子供をいくらしごいても、ものになりそうもないし、御先祖に申しわけない」

何代かさかのぼった先祖に名の知れた作曲家がいるメンデルスという女性が言った。

＊

数カ月後、各地に奇妙な現象が起き始めた。というよりは科学者たちにとっては、予測どおりであっただろうか？

擬似ベートーベン、擬似ニュートン、擬似……とにもかくにも天才、英雄がどこのうちにも誕生しうる現状となった。

ちっとばかりの金持ちも誕生した擬似キュリーにぞっこんだった。

他の兄弟たちは擬似キュリーを見るたびにいじめようとするので、母親はその娘を大事に大事に隔離し育てていた。

いろいろあっただろうがメンデルスの家には擬似ベートーベンが生まれ、ピアノを五台も購入したそうであった。

＊

しかし……だんだん地球上では偉人、英雄、大作曲家……などなどが大多数をしめ、凡人は数えられるほどの数となってしまった。

「困ったもんだ。私たち天才がこんなに増えても輝かない。天上の星はきらびやかだが、星ばかりではつぶしあいが起きるばかりだ」

「いかにして凡人の滅亡をとめるかが今後の課題だ」

天才たちは類い希な頭脳をさらに使い、悩んでいた。

いっぽう、数少ない凡人たちは日頃の天才たちの行動を肌で観察でき、たゆまぬ努力や奇行などありとあらゆる天才の生活を見てしまった。

＊

天才たちは天才たちで、一堂に会せねばならなくなった。もちろん国宝ともいうべき凡人の存在についてであった。

「まあ、でも心配はないかも？　私たちはクローンだ！　遺伝するとは限らない。ためしに私たち天才同士クローンなしで子供を計画してみよう」

結論が出た。さすが天才たちの脳はただものではなかった。

メンデルスの子供とキュリー、もちろんどちらも擬似だが、縁あり結婚。一年後出産を迎えていた。

予定日も近いある日、万一のことがあってはと、これも天才医師団が病院に詰めかけた。

子供は無事誕生した。

「果たして天才の血を受け継いでいるのだろうか」

「無理じゃないの？　私たちはクローンだから一代限りじゃないの」

案の定、当たってしまった。ＤＮＡを取り出しても何ら凡人であった。

とは逆に、凡人たちが日頃の観察から学んだ、天才たちの九十九パーセントの発汗ともいうべき努力は、凡人の生活を変えていった。

天才たちの子供は凡人に、凡人たちの子供は何らかの才能を伸ばし始めていた。

＊

何代か重ねるうち凡人と天才間の距離がだんだんと縮み始め、いずこも普通レベルの人間となっていた。

それにつけ、容姿や声の質までもが均一化していった。

同じ顔、同じ背丈、同じ考えの人間が地球上をしめ、だれ彼わからず混乱を招いてもみんな全てコピーのように平等で、他人を羨むこともなく、貧しくもなく豊かでもなく、同レベルの生活を送るようになった。

地球人といえば、大昔、各地で戦争や内乱があった。この悲劇のかたまりのような歴史を持つ地にも平和の白バトが巣を作り、幸せな地球の未来を迎えていた。

クローン技術の開発目的が人類の品種改良であったにせよ、その副産物として思いもよらぬ好結果を呼びこんだのである。何と素晴らしいことか！

しかし、またどこかの宇宙の未来星で地球の過去のようなマチガイのないことをのぞんでやまない。

天空人と地球人

天空人の開発による天候調節ソフトの効果は充分なものであった。天空人は、地球人には内緒でこのソフトで大もうけをもくろんでいた。

「私たち天空人が、地球人様にこの度お勧めの品は、地球上の天候を調節するという、まぎれもないスグレモノの一品――企画の商品であります。地球人様は大の行事好き、とうかがっております。そこで遠足や運動会、七夕などは晴れの契約、また、作物などにはぜひ欲しい雨や梅雨は、雨の契約を一ヶ月前から前もってすれば（ケータイでもOKです）、必ずご希望通りの天候を確約します」

と、インターネット上で、先取りオークション売買「天候百パーセント」という商品が載せられていた。

姿は見せぬ天空人とやら、本当に存在するのか？　単に地球人へのイタズラなのか？　その商品を購入するにあたって、支払いが「コスモスＢＡＮＫ」で、（口座番号が天文学的数字で一〇の一〇〇〇〇乗だとか）、必ず天候はお任せと……地球人は半信半疑の思いだった。

この話に飛びつき、乗り気マンマンになったのは、ある小学校の校長と体育の先生。

「これで今年の運動会は晴れマーク○Kじゃ！　何せ去年なんて最悪のサイアクだったからなぁ」

校長は苦笑いしている。

「僕も赴任したてで、校長が雨男だったとは思ってもなかったもんでして」

体育の先生は、この校長の青空晴男という名前をゾッコン信じこんでいた。

「ワシだって、名前どおりにいかん。アタリハズレはある。それに天候まで知らんワイ。だが……今年はイッヒッヒッ！　晴れじゃ、晴れマーク、晴れマークマチガイなし。これでワシたち『青空小学校』は、ライバルである雨風降男校長の『雨風小学校』に勝てるゾォ」

「校長、実は昨日体育倉庫に白い巻き布の分厚い束があるのを見つけたのですが、ひょっとしてあれは、もしや、てるてる……」

校長は一瞬固まったが、

「ふぁッ、ふぁッ、ふぁふぁふぁー。ワシはそんな無力なものなど、信じてては」

「いないですよね～。はっはっは」と体育の先生。

運動会は、この街ならどこの小学校も同じ日に統一されているのだが、青空小学校の上の空だけが、青空校長赴任以来、ずっと雨だとはどういうことだ！

天空人の話によると、契約者の小学校の上の空だけ晴れていて、他の契約していない小学校の上の空は雨ということもありうると——。

校長は給料を三分の二、体育の先生は三分の一と二人で分けて出しあい、この十月五日を「晴れ」にする契約をインターネットで買い取り、天空人指定の「コスモスＢＡＮＫ」の天文学的数字の口座にお金を無事振りこみ、二人は涙ながらに握手を交わした。

「今晩は前祝い、一杯飲みにどうだい？」

校長が誘ったが、体育の先生は新婚の美しい妻の笑顔が目の前にちらつき断った。

一方、ある町の農場経営者たちは、町長を交えて話しあいの会を持った。去年は害虫の発生や災害を伴い、米は不作だった。何も天空に頼らなくても、今年はきっと天の恵みがくる番だとも思っていた矢先、この話を噂で聞いた。

彼らは、ＪＡから前借りしたり定期を解約したりして、梅雨一カ月分の雨の代金を支払うと言った。しかし、まもなく天空人からメールがきた。

「二十四時間以内に振りこみがなければ、この話は自然消滅いたします」

町長は慌ててコスモスＢＡＮＫへ車を走らせ振りこみ、契約は成立した。

噂を聞いた旅行会社の営業マンが、大量のパンフレットを担いでＪＡに入ってきた。

「ホウサクじゃあ、ホウサクじゃあー。なら、久々の慰安旅行だあー。派手にやろう」

溜まった鬱憤を吐き出すように、彼らはパンフレットを片手に盛り上がっていた。海外旅行は無理かな？　いや国内はつまらない、と最後には大ゲンカも始まっていたが、大したことにはならなかった。ＪＡはガラス戸の一枚を粉々に割られた程度で、ケンカの被害を食いとめた。


「梅雨だというのにちっとも降らんじゃないか？　入梅からもう十日も過ぎている」

六月のある日、天空に怒りの電話がかかった。天空人が電話に出た。

「申しわけありません。早速調べます。ええ……雨でしたら十日くらい経過しても、お支払いも済んだこの契約、あとの二十日分にサービスとして集中豪雨をお届けできます。雨量も五割増量致します。だから、大丈夫、ダイジョーブ」

と電話の天空人、かなり金属音交じりの声だ。

「何言ってんだ。田植えの時期は済んじまっている。もう苗がヨレヨレで五割増しの集中豪雨などもってのほか、ますます苗が腐ってしまう。契約不履行の慰謝料として倍額返却せよ！」

と気の弱い町長の代わりに、ちょい悪オヤジのＪＡ担当者が怒鳴り立てた。

「本当ですか？　こちらとしても不手際の理由が全く考えられないのですが――」

天空人はそう言うと、リーンというベルの音で他の電話の方へ走っていった様子。天空人は今は一人らしい。

二ヶ月が経った九月末のこと、校長から天空人に抗議の電話。

「小学校の運動会の契約、市内の雨風小学校はワシらの小学校より後に倍の金を払い確約をトッタそうだ。先に契約した者が全て優先じゃなかったのかい？　後で倍額支払ったからと、うちより確実な『確約晴れマーク』を渡すとはケシカラン、信用問題じゃ！」

「まあ……まあ……そうおっしゃらずに。今カラナラ、十月の運動会に……間にあいます……よ」

と天空人が説得する。

新婚の体育教師も大声で訴えた。

「とにかく、こちらは優先なんだ。別の学校が後で倍額払おうと優先は優先だ！　責任取ってもらおう、十月五日晴れてなかったら許さんゾ！」

体育の先生の脅しに震え上がった天空人。（天空人って案外気が小さそう）

しかし、十月五日当日は、どちらの小学校の上空も朝から大雨が……。

「ひどいよう！　僕かけっこで一等取るはずだったのにイー」

とドロドロになりながら雨の中を走りまわる小学一年生の男の子。前日から場所取りしたピクニックシートはビショビショ。

「やれやれ、校長はやっぱ雨男だったんじゃや、信用すんじゃやなかったべ」

男の子のばあさんは今どき珍しい蛇の目傘でグランドの大雨をうらめしそーうに見つめている。


天空人にこの状態を電話で報告。

「ケシカランじゃないか、約束は約束、代金倍にして返せ」

先に契約した校長と倍額支払った校長が手を結び抗議の電話をした。どちらの校長も怒りが頂点に達し、電話口の近くから小学生の泣き声を聞いた天空人は、さすがに気の毒に思った。

「すみません。あれから急いで雨量調節ボタンを手動にしました。来年の運動会に向けて事務局総出で今修復をしております。私、はい、社長の天《アマ》・空人《ソラト》といいますが、来年こそは晴れマークを、私の手動は神様よりスグレモノと評判でしたが、本当に降ってますねえ、大雨だあ。運動会ダメですかねえ」

下界の雨の様子を空ナビで確かめている場合じゃないよ、天・空人社長！

無責任に来年は晴れマークとごまかし、逃げ腰である。運動会どうしてくれる！

オートか手動か知らないが、梅雨のはずが一滴の雨も降らなかったという町長からのメールをパソコン上で見ながら、天空人たちは金に目がくらんだ天・空人社長ともども疲れ果てていた。

結局、天空の方で受け取ったお金に少しお詫びの金額を加えて、地球ＢＡＮＫのＪＡ、小学校の口座などに振りこまれたのは、その年の暮れ。

天空人たちも大晦日の除夜の鐘が恐かったのか……。やがて天空ソフトは発売中止となり倒産したとの知らせが、翌年の節入り前に天空人から地球に届いた。

「科学や化学の全てで割り切れない自然、天空人の私たちも地球人のみな様もこれからは仲良く自然を崇め暮らしましょう！」

とのメール。それ以後、もうメールも来ないしインターネットオークションもない。

また昔のように子供が靴を蹴り、「明日天気になあれ」と頼んだり、てるてる坊主を吊したりするようになった。運動会、遠足は晴れ、梅雨時は梅雨、七夕には天の川と、素晴らしい自然が思い出されたように復活。ほら、夕立が珍しい、その後には大空にかかる七色の橋、お金があっても虹は創れませんね。世の大富豪さんも。

「おお、何と珍しい、でっけえ虹だべー」

と、あのばあさん。

天空人たちも、虹を枕に昼寝中？　果たせなかった大もうけの夢でも見ているのだろうか。

新型イジメ菌

アロマはいじめられっ子だった。

自分がいじめられている時は、学校も行けず、いじめている相手を執念深く憎んでいた。

小学六年の頃だった。

やがて中学に入り、まわりが変わった。今までいじめていたヤツらもバラバラになった。クラスが別になると個々は大したことないヤツらだと気づいた。みんな一人では何もできない弱虫の集まりだったのだ。

アロマに友達ができた。ルリナといった。彼は両親がイギリス人で、家にはお手伝いがいた。日本語がたどたどしかった。日本に来て一年も経っていなかったからだ。金髪で家は洋風建築で大金持ちだった。

小学校時代にアロマをいじめていたグループのリーダーは夕ケだった。中学に入り、最初の頃は猫を被ったように大人しくしており、もういじめをやめたかに見えた。しかし、それもつかの間、彼の心にまたイジメ菌がはびこった。それは一ヶ月も経たないうちに爆発した。彼は兄弟が多く、貧しいわけではないが、両親が愛をかけて全ての子供を育てるには忙しすぎた。

そんな家庭で兄弟姉妹とはケンカばかり、彼は外でいじめをして鬱憤を晴らしてきた。彼の中のイジメ菌はウイルスのように、急激に広がった。今度はルリナがそのターゲットになってしまった。

アロマは、ルリナとは英語日本語を教えあうよい関係になっていた。だんだんとインフルエンザのように広がるいじめ、とうとうアロマだけがルリナの側に立つというクラスの状況になっていた。

男子の中でいじめがあると女子までがルリナを馬鹿にした。

何もしていないルリナ、アロマは毅然として戦ったが、過去のトラウマを思い出し、やっぱりルリナを裏切らざるをえなかった。

タケらいじめ軍団は、集団リンチを企てていた。

その呼び出し役にルリナの唯一の友人、アロマが利用された。

アロマは途方に暮れた。

「いいか、ルリナは君を信用している。だから親しく装って、昼休み体育館裏へ連れてこい。教師には絶対言うな」

タケは眉を細くし、いかつい顔、毒蛇のような鋭い目つきで、アロマをにらんだ。

アロマは身震いした。しかしその恐ろしさには勝てなかった。気がつけばうなずいていた。

その日昼食をルリナと食べているアロマの様子が変だと、ルリナは気づいた。

「アロマ、少し変だよ」

ルリナは言った。

「彼女ができちゃってさあ」

アロマの口からとんでもない言葉が飛び出していた。

「えっ！　そりゃおめでとう。その話ぜひ聞かせてくれ」

ルリナはたどたどしい日本語で言った。

アロマは普通のルックス、お世辞にも目立つ存在ではない。それに比べルリナは入学当初から女生徒の注目を浴びていた。

しかし今はいじめられっ子である。

弁当のハンバーグをつつきながらアロマは言った。

「昼休み、ええっと、昼休みに……体育……館……裏……で、はは話そう」

アロマはハンバーグがのどにつっかえながら、元気なく言った。

「めでたいことだろ？　もっと喜ぼうよ」

ルリナが笑った。

ルリナは何も知らずに、にこにことアロマを見ながら、アスパラガスを一口で頬張った。

＊

昼休みの始まりのチャイムが鳴った。

「図書館に本を返しに行くから、ごめん、先に体育館裏で待っていてくれ」

「イエース」

ルリナは何の疑いもない目でアロマを見ていた。

昼休みが終わり午後の授業が始まった。

テスト一週間前、数学の通称ぱりす先生は大慌てで教室に飛びこんできた。ネクタイはねじ曲がり、赤と紺のストライプが波打って見えた。

「起立、礼」

と言い終わらないうちに、板書の三角形が描かれた黒板。

とても生徒の顔を見る余裕がなく、言った。

「この時間を入れても、二時間足りない。テスト範囲まで三倍速だ」

みんなの苦手な証明問題、居眠りのヤツも増え始めた。

そこへルリナが教室の後ろの入り口から、忍び足で入ってきた。

顔には怪我のあとが見られたが、今日の先生はいつもと違いルリナを見る余裕がなかった。

先生は板書を続けている。結局、ルリナは遅刻の理由を聞かれることもなく席に着いた。

そして机の上に顔を伏せた。泣いているに違いない。アロマは二列右のルリナをまともに見られなかった。

タケをはじめ、いじめ連中は一体何を考えているんだろうと思った。アロマは彼らのその表情を見たかったが、とても恐ろしくてできなかった。

ルリナはきっと僕を怨んでいると思うと授業など、全く上の空……

いや僕が裏切ったことは気づかれていないかも？　もしあいつらが体育館裏に呼び出せと自分に言った事実を、ルリナに伝えてなければ、僕は図書室で手間取っていて、体育館裏に行けなかったと、ルリナは受け取ってくれていたらと願った。

そしてアロマはタケらが偶然ルリナを体育館裏で見つけ、暴力をふるったと考えてくれていたら幸いだと思い始めた。

しかしもうルリナとの関係は続けられない。また一年前のいじめられていた悪夢がぶり返す。いじめにあえば学校に来ることは難しい。中学では高校入試があるから、不登校になれば受験も危うい。

やっぱりいじめ軍団につくべきだ。

こうしてイジメ菌は次々と汚染を広げた。

クラス全体に広がったイジメ病、やがて学年にも？

＊

アロマがいじめ軍団についてみれば、本当にいじめほどリアルで鬱憤の晴れるものはないと気づいた。今のアロマにはルリナのことは眼中になかった。いじめは後味がよくないが、それまで自分がいじめられていた頃、家で人を切り殺すゲームなどして鬱憤を晴らしていた。

しかし本物は日頃の鬱憤を何倍にも晴らしてくれ、こんなにいじめが楽しかったのかと、日増しに病んでいった。

世の中はこうしてイジメ菌がはびこり、後を絶たぬ。自殺者が、不登校が……、それでもいじめは続いていく。

最後はいじめられた者の泣き寝入りで終わり、処罰すらされない。

天は一体何をしているのか、などと真剣に考えていた被害者だったあの頃とは、うって変わった鬼の心へと変貌してしまったアロマ……

おそらくタケをはじめ子分たちも自分の病に気づいていない。悪なら簡単に手をそめられる。心にスキがあれば簡単にイジメ菌が入ってくる。

よいことで目立つには大変なパワーがいる。

余談だが破ったジーパンをおしゃれとして歩く姿に世間の荒廃が見られる。ジーパン側からすれば破られ、切り裂かれ、そんな自分を嘆いているに違いない。

戦後の家庭科で習ったつぎあての時代はすっかり姿を消している。

＊

ルリナはいじめにあったあの日から学校へ来なくなった。ルリナの空席を見るとアロマも胸が痛んだ。担任は黙って出席簿を記入している。

タケたちは反省の色もなく次のイジメのターゲットを探している。

そのターゲットがやがて自分に向けられるのではないかとアロマはだんだんと、恐怖に陥っていった。

たまりかねたアロマは勇気を振り絞り、担任に相談しようと職員室へ行った。七月の終業式の午後だった。

担任の通称まりす先生と人っ気のない教室で向かいあって座ったアロマ。一体何から切り出そうかと沈黙を続けた。

「ルリナのことだろ?」

担任が言った。

また沈黙が続いた。先生はめがねごしにアロマを見つめ続けている。

とうとうアロマは泣き出してしまった。

「僕は反省しています。自分がいじめられっ子だったのに、……ル・リ・ナを……」

先生は立ち上がり優しくアロマの肩に手をやった。

「ルリナだが……家庭訪問しても家にはいなかった。ＷＦＯ（World Friendship Organization
※架空である）に問いあわせたんだが、ルリナは今君たちの知らないところにいるんだ」
先生は口を一センチくらい開け低い声で言った。

「えっ、死んでるとか？　天国？」

咄嗟にアロマは言った。

「いじめっ子から解放してやるにはイジメの撲滅運動が必要なんだ。どの世界にもどの社会にもイジメ菌が繁殖した今、その撲滅には世界をかけてＷＦＯが取り組み始めている」

先生が言った。

「ＷＦＯですか、先生？」

アロマが言った。

「イジメ菌を最初に地球に持ち込んだヤツがいるのだろうが、地球人のスキを見てそれは急激な速度で広がり今や汚染されまくった地球。ＷＦＯはそういう人たちを救うためのかけこみワールドで、彼らを安全にかくまっている。しかしイジメ菌の撲滅にはみんなの温かい心が、思いやりが、大きな反省とともに生まれるのを待つばかりだ。各地でいろんな災害が起きたり、自然に関する災いはそのイジメ菌が巨大にはびこった地球への天の戒めだともＷＦＯが語っている。実はイジメ菌により本校の校庭にも人体に悪影響を及ぼす植物が芽を出し始めたんだ。あれは私たちに対する被害者の叫びだ」

「……」

「花が咲きその花粉を吸えば人体は壊れるといわれている。しかし、花が咲き花粉が飛ぶ前にその芽をみんなで協力し刈り取ることはできるそうだ。みんなの心を集めパワーに変え、その見えないパワーのカタマリを一クラス三十四人分固め、その芽の前で手をあわせ誓いあえば簡単に芽は刈り取れるそうだ。この繁殖力の強い植物が二度と地球に生えてこないようにみんなが心を変えることだとＷＦＯは語っている。クラス全員でこの植物の芽を刈りイジメ菌の撲滅に立ち上がろう」

担任の声は涙で震えた。

その時、教室のドアが勢いよく開き、クラス全員が教室へなだれこんだ。

「僕たちが悪かった」

「ごめん先生、私たちは本当はルリナのこと大好きで憧れてたのに」

と口々に言った。

先生の指示どおりルリナを除くクラス全員三十四人が手を重ねあわせ心の熱いカタマリができ上がった。それは目に見えないけれど、はっきりとみんなの心には見えていた。そのカタマリをみんなで抱きかかえ校庭の植物の前に行き、そっとその芽の上に置いた。そして手をあわせ誓いあった後、担任の「全員黙想」のかけ声で一分後目を開けるとその芽は枯れ落ちていた。

七月の終業式の日の午後五時だった。夕立ちも上がり、この頃珍しい七色の虹が空に橋をかけ始めた。

「友情の虹だ！」

「ルリナはきっと戻ってくるんだ！」

みんなは信じた。

WFOがどこにどう彼をかくまっていたのか、八月のある日、ルリナが街を歩いていた。アロマが声をかけると元気に笑った。

他のクラスメートも元気な彼を見ている。

そして何故かイジメ菌が撲滅した今、彼らの脳裏にも心の中にも何もなかったように、消しゴムが事実を消しイジメという事実を忘れてしまった世界……

　またつまらない人間や生き物がどこかの星から現れ、イジメ菌の類を二度と持ち込まれないよう地球人の各自が、それぞれスキを与えない、しっかりした正しい心を持つようＷＦＯが呼びかけている。

地球たちが歌えた日

男がここにこしてきたのは、一ヶ月前……

「やっぱりここもダメか」

男はつぶやいた。以前の一軒家と違い、家賃の安い賃貸マンションという空間。防音装置なんてとんでもない。

到底、夜間の練習には向かない。

男はバイトから戻ると八時。音を出せる九時までには一時間。即、空腹を抱えてのボイストレーニング……

ことのほか疲れていた。

「調子が出ないなあ」

男はかすれ声でつぶやいた。目の前の四十九鍵のキーボードさえいらだたしく思えてきた。

最近ずっと仕事の疲れで、声に艶がでない。それどころか、喉にひっかかりを覚える。

＊

男はオトダウレイといった。シンガーソングライターを目指していた。

しかしいくら頑張っても鳴かず飛ばずの日々ばかり……

コンビニでバイトをしながら生計を立てているが、わずかな貯金は全て使い果たした。

＊

学生時代にバンドを結成。路上や近くの会場でライブをしていた。

メンバーもそこそこ、結構かわいい女の子の声援を浴び、いい気になっていた。

彼らそれぞれにファンがつき、プレゼントや花束をもらっていた。

結構いけるアルバイトになっていた。ただ若いというだけで……

あの頃は世の中を甘く見ていたのだろう。

しかし、四回生ともなり、いつまでもこんなことはしていられないと、メンバーが一人去り二人去り、ウレイ一人が残った。

みんな就職が決まり、解散することになった。

＊

幼い頃から食べることより好きだった歌、バンドが解散後もその夢を捨てられなかった。それからは、自分で詩を書き曲をつけ歌う、シンガーソングライターを目指してもう十年近くになる。

五十曲は作ったがどれも日の目を見なかった。この頃では三十男のウレイなど、誰も相手にしない。

「歌いたい、歌えなければ死んだ方がましだ。たとえ食べられなくても、……いい。あの世まで歌い続けたい」

ウレイは泣きながら九時以後に歌えるところを探そうと夜の街をさまよっていた。

派手なネオンがウレイを余計寂しくした。家族は九州にいたが五人の兄弟もそれぞれ独立し、今は老いた父母がのんびり年金で暮らしていた。両親には東京で働いているとだけ言ってある。

「東京の夜は冷たすぎる」

ウレイがつぶやいた。

＊

「そっち、そっち、そっちを右」

どこかで声？　ウレイはあたりを見渡した。

若い女の優しい声？　まるで子供番組の司会の女の子のように優しい声がする。

「その横、その横だってば、ほら」

目の前に時代を忘れたかのような格子戸があった。

「歌える喫茶♪　うたのコバト」と書かれた黄緑の古い看板を掲げている。

「喫茶か？　古いなあ」

ウレイは言った。お腹も鳴った。

「腹減ってるなら入れ」

中から妙に艶っぽい声が……

ウレイは戸惑った。

中に入ればユーレイでも出るんじゃないか？　時代が古すぎる。昭和三十年代の空間なんて、いまだ存在するはずがない。

でも何か食べたい。でも百円しか持っていない。

ウレイは心を決めた。今日はまだ死にたくない。

「あのう」

恐る恐る古い格子戸に手をやった。

「まーあ！　いらっしゃあい！」

中からバーサンがウインクした。

派手派手ルックの真っ赤なエプロン、年かっこうから、八十歳くらいか？　ぎんぴかに光る白髪頭を腰までたらし、真っ赤なルージュ、細身で背丈もあり、腰を振り振り歩きながら出てきた。

ほかにだれも客はいなかった。

「あんた泣いてるね？　まあ入りなよ、聞いてやるから」

バーサンは色目を使いながら言った。

ウレイを見つめるあまーいまなざし、ウレイはこんな気持ちになったのは初めて……ナンダロウ？　この気持ち？

彼は目線をあわせられず真っ赤になり下を向き、どぎまぎしている。

きっとこのバーサン只者ではない、若い頃相当の男を泣かしてきたんだろう。

「あんた、何だい？　もじもじして、ははあん、トイレだろ？」

「ち、違い、まっす」

ウレイは恥ずかしさのあまり、耳まで真っ赤にして、ささやいた。

このバーサン一体何者？

「あのう……」

「ああワタシかい？　元アイドルさ！　ちっとは売れ、週刊誌の恋人にしたい女ベスト二十の十五位に三回入ったんだ。六十年くらい前の話だ、ジャズ歌手やってたんだ」

バーサンはそう言うと、じっとカメラ目線でウレイを見つめる。

「アイドルか？　やっぱり垢抜けている。違うと思った。すごいなあ、僕なんて……」

「おや、あんたも？　分かった。それで、あんた歌いたいんだろ？　ボイストレーニングしに？　先に言いなよ。ここでは、命の限り、歌いたいだけ、歌っていいんだよ？」

「命の限り……」

ウレイはぞくっとして言った。

「ははは。たとえ話さ……ユーレイじゃないよ、ほら?」

バーサン赤いエプロンのすそをさわりかけた。

「何もしないさ。ジョーダン、ジョーダン! 若いころはこんな超ミニスカートでさあ。週刊誌が騒いで……、芸名かい? 当ててごらん?」

「ええ……」

ウレイが恐る恐るうなずいた。

「うたのコバトさ! 店の看板どおりだよ」

ウレイは黙ってバーサンを見つめた。目はぱっちりで口元は小さく、まるで小鳥のようだった。そこにちっとシワがあるが……

「そうなんだ。人気アイドルだったんだ。やっぱ違うと思った」

ウレイが言うとバーサンは、テレながら壁の値段表を指差した。

一律五十円を赤のペンで消し、三十円に改めてある。

「三十円?」

ウレイが言った。

「そうさ、出血大サービスだ。ボランテイアみたいなもんだ。若い頃のファンへのお返しさ！　うちは一律三十円が売りものさ！　するめ、ジュース、……」

「それでは、三十円ここに置きます！　何か食べさせてください」

ウレイが言うと、バーサンは満足そうに、

「メニューは豪華だ！」

独り言を言いながら、腰を振り振り歩いていく元アイドルの後ろ姿に、うっとりと吸いこまれるように、ウレイは見つめていた。

＊

「食べてる間に、昔流行った歌かけてやるから、食べ終わったら、発声練習のつもりで、声出すといいよ」

元アイドルは古いドーナツ盤を赤と白の昔のラジオつきプレーヤーでかけ始めた。

雑音だらけの１９６０年代のポップス、子供時代ジーサンがうちでかけていた。

きっとアイドルバーサンは絶盤レコードの類をせっせと買い集めたんだろう。百枚以上あるレコード盤を一枚一枚ジャケットまで、なつかしそうに見ている。

ウレイは腹がふくれると、バーサンに声をかけた。

「僕の知ってる歌もあります。歌っていいですか？」

「いいとも。しっかり発声練習だ」

バーサンが軽くウインクした。かわいかった。

＊

「ところでどんなカラオケありますか？　歌詞カードも？」

ウレイが言うとバーサンが火のように怒り、血相を変えた。

「カラオケ？　うちは桶なんて売っとらん」

ウレイはこの言葉に耳を疑った。

「とにかく歌いたいんです。歌が死ぬほど好きなんです。歌えるところを探して……」

と泣きながら言った。

「おや、かわいいねえ！　歌いたければしっかり歌いなさい。カラオケなんかより、アカペラのほうが力がずっとつく。今は最低だ！　昔はカラオケなんぞなかった。楽器に頼ると絶対音階が育たん」

「元アイドル」さすが音楽にお詳しい。

「声が小さい。もっとお腹から出せ。腹式呼吸だ。脳の働きもよくなる。大きな声で鬱憤も晴れる」

バーサンなかなか厳しい。さすがプロだ。

「大きな声出せる場所探してたんです」

ウレイは明るく言った。

「今泣いてたのだれだ？　いいかい？　ここなら死ぬほど歌える！　それも時間制限なし……これでたったの三十円、タベモノだけではない。実においしい喫茶店だろ？」

＊

やがてそのアカペラ喫茶は、毎日たくさんの歌いたい人たちが、十円玉三枚を持ってやってくるようになった。するめもジュースも大人気であった。

狭く見えた空間はビフォアアフターの建築のように、縦横無制限に広がり始めた。不思議なことだ。

鬱憤のたまった人たちが、世界中からここに集まった。さまざまな歌を持って……

そのため二十四時間営業となり、さらにそれが一時間増え二十五時間、六時間と地球の自転の限界を超え……

「バーサン歳なのに、よくやるなあ」

みんなが声をそろえた。

＊

昼間は幼稚園児のかわいい歌声から、夜中は大人中心、それも各業界のトップまでもが常連となり、時には一流バンドのリハーサルの音あわせやボイストレーニング、時には有名演歌歌手もこぶしのまわし方や振りの練習にやってくる。

＊

とうとうアカペラ喫茶に姿を見せない地球人の数のほうが少なくなった頃、ウレイの歌もみんなが口ずさむようになり、念願のＣＤデビューとなり、もらった印税で、少しずつ生活も落ち着いてきた。

＊

世界中の音楽家たちもどこからともなくやってきて、小さかったアカペラ喫茶が、地球という星の空間を遙かに超えてふくらみ、歌声があふれる大々合唱となってしまった。

＊

広がり続けるアカペラ喫茶、その巨大な空間から見た地球は、遙かかなたの青い小さな星だった。しかしアカペラ喫茶は、まるで宇宙が膨張するように広がりの限界をしらなかった。

歌い続けるアカペラ喫茶の地球人たちは、青い小さな星が、あのあまりにもインパクトの強い元アイドルバーサンの白髪の白と地球の青とが交互に変わるのを見つめていた。

やがてそのふくらみもついに限界を超え、質の違う次元の果てまでたどりついてしまった。

とうとうアカペラ喫茶が爆発寸前かと思われた時、青と白が交互に変わっていた地球も突然、バーサンの白髪色一色に塗り替えられた。

歌声が一つになり、みんなの心も平和という白色一色に塗り替えられ、心の安定を地球人全体が、それぞれ得た。

その時地球から元気な白鳩が勢いよく飛び立った。おしゃれな青い色のネックレスをつけて……

そして、もう二度と元アイドルの白髪バーサンを見ることはなかった。

今の心で、地球人たちが一つになり、その歌声を忘れない限り、世界大恐慌もウイルス性の病気なども、恐れず乗り越えていけないだろうか？

ウレイはそんなことを考え、平和人（たいらかずと）のペンネームでシンガーソングライターとして、宇宙に届けと切に願った平和な歌作りに取り組み続けた。

おいしい地球人

六月のある晴れた日、さわやかだった。

昨日までの雨を洗い流したように何かが変わり、紫陽花の薄紫の花の一つ一つが、満足気に空を眺めていた。

その静かな時間の継続を突き破るように、突然ものすごい大歓声が起きた。

「やった！　ヤッタ！　やったあ！」

ここはある大学の研究室。みんなで何度も拍手し、それぞれが抱きあい泣いている。

「我々は長年の人類の歴史を塗り替え、地球の未来をも変え、その上地球人だれもが幸せになれるというソフトの開発に成功したのである。こんな難題に我々はことのほか、運よく成功した。このことはまだ報道陣には発表しないが、今日が、我々はもとより人類にとって記念すべき日になることは間違いないだろう」

通称ハカセと呼ばれている名誉教授が「人類革命だ」と叫び、首に巻いたタオルで汗をぬぐいながら部屋中をさも満足気に歩きまわっている。

彼ら研究員はハカセの指示に従い、休日を返上し連日泊まりこみで研究に取り組んでいた。

その努力がやっと功を奏し、結果が出たのだ。

「これで私が大富豪になれる日も間近い」

自ら多額の金をつぎこんでまで、研究をし続けたハカセが言った。

「私も、ハカセと同じく、近い未来、貧乏神とも手を切って、カネ、カネ、カネと友達？いや家族になれるんだ。残りの住宅ローン、教育ローン、車のローンを支払っても、年金などあてにせず、悠々自適の生活が待ってるんだ」

とローン男の目に涙……

「大富豪だぞ、ダイフゴウ、島一つなど簡単に買える。ローンの三文字など二度と口にしなくてもいいんだ。もう二度と」

この研究室のビンボー研究員たちが、口々に妻との結婚記念日にダイヤが買えるとか、欲しかったトイプードル、あと一息で手に入るとか、散歩が大変だからシャム猫の方がとか、好き勝手に言いあっている。

以前に市会議員に立候補したが、見事に落選したエリートクズレが言った。

「しかし、聞いてると汚ねえなあ。カネ以外にないのかい？　おれなんか名誉だ、総理になって、ずっと国を統治したかったんだ。名誉なら別にノーベル賞受賞でもいいんだけど」とある四十五歳。

名もないビンボー研究室でのこと、夢かまことか、彼らは狂ったようにお互いが、暴れまわった後、ケータイで家族や恋人にメールなどを打っている。

彼らは地球人が幸せになれる素晴らしいソフトを開発したのである。

＊

「だれもがこの自分を選ぶことなくこの世に生まれ落ちてしまった。上見りゃきりがない。しかし自分をやめるわけにもいかず、うだつの上がらない人生をここまで生きてきた。しかし今回のソフトの開発で、恵まれない人も、自分に自信のなかった人も、それなりでも夢がかなわず、努力ばかりで生きてる人も、地球人全体が救われるような、自分をやめ憧れの自分になれるソフトを開発したのである。人類史上、類い稀な画期的発明だ。地球人の未来も明るい」

このニュースをどこで聞きつけたか、新聞社テレビ局がやってきて、大学前は黒山の人だかり、電柱によじ登ったりして、研究室にカメラを向けている。

しかし、

「今は発表を控えさせてください」

とハカセが研究室のインターフォンごしに断った。

*

「ほんとにだれも好んでこの、自分を選び生まれてきたわけではないわねえ。私なんてあと五センチ背があったら、ミス地球に応募できたんだわ」

紅一点の通称若紫、三十五歳の独身研究員が言った。

「あんた、まだ女でよかったわ。アタシなんて男、つまらないわ。オシャレの一つもしたかったわ」

カマっぽい男、通称カマ子がミラーを取り出し、のぞきこんだ。

「ハリウッドのムービースターなんてどう？」

カマ子の親友、通称クマ子が言った。

二人は、早速買ってきた映画雑誌や、ファッション雑誌を開き、あれこれ騒いでいる。

彼ら？　はこの先どうなるのを期待しているのだろうか？

この特別なソフトを購入し、そのソフトに、自分の憧れている人物のデータを克明に入力すれば、現在の自分のＤＮＡの配列を全て並べ替え、早くて一年、遅くても三年以内に、憧れの自分になれるというクローンソフトを開発した⁉　というのだ……

もちろん何事も先立つものはカネ、タダではない。

しかし、現在の自分に何がしか不満の方、遅くともわずか三年の辛抱で憧れの自分になり、人生がぱあっと変わる……ああ……しあわせ……？

彼ら研究員たちは、三十歳から六十歳くらい、今までうだつの上がらない人生を生きてきたシケた男たちと女が一人。

「でもよかった。これからは遅ばせながら、将来が見えてきた」

そう言うと口々に何かをつぶやいている。

彼らは一刻も早く自分をやめようとインターネットのデータ集めに余念がなかった。

彼らはコンピューターに入りこんだように、憧れの大スターとか、大富豪、政治家たちのホームページをのぞきこみ、データが集まると、自分のソフトに入力し続ける日々。

＊

そして一年後、……

研究室の名誉教授で、通称ハカセがその一年キッカリで姿を消した。

翌日、海外の新聞「ザワールド」の一面記事を見つけて、研究員たちが言った。

「まさかもうハカセ、大富豪に？　これって、どっちかがハカセかも。この二人全くのクローン双子だ！」

「この国では、有名大富豪のそっくりが現れ、二人とも自分がどっちであるか、自分でも混乱していると書かれている」

三角形の合同のような、人間の全くそっくりの出現などありえないと、その新聞の写真記事は一大トピックになっている。

真実を知っている研究員たちは、当然のことだが、驚きを隠せず、言葉にならぬうなり声をあげた。

「ハカセが海外の大富豪に？　日本を選ばなかった理由は、この国が世界で、今、一番景気の見通しがよい国だからだろうねえ」

「でも二人のジョーンズ、まるでそっくり、同一人物だね。おまけに五十五歳だとよ！ハカセも、うまくやったもんだ。やっぱり、こんなことってありうるんだ。ハカセ六十歳だったから、寿命まで五年得したんだなあ」

　みんなが記事に目を奪われている間に彼らの一人がテレビをつけた。

＊

「早速インタビューだ。そっくりハカセもそっくりジョーンズも、声の響き、笑う瞬間まで同じ。気味が悪いなあ、少し。あのソフトで、全く本人たちも迷うほどのクローン人間になれたんだ」

「ハカセは一体どっちか、長年ハカセを知っている私たちも分からん」

　データ集めに血まなこになっていた研究員たち、ハカセの大成功は大変な励みとなった。

「すでに、もういい生活送ってるんだとさ？　ソックリでも人間に特許はいらんから、だれのクローンにでも許可なくなれる」

カマ子とクマ子が目を輝かせ、口をそろえて言った。

＊

その後三年以内に、研究員たちはカマ子もクマ子も女の子になり芸能界に、ある四十五歳はノーベル賞を受賞、総理志望は入力手違いで、小さな島の総理となり、発展途上国を統治している。それから後は言うまでもない。

カネなしのローン男は、まずローンでソフトを買わねばならず、出遅れたが、入力が抜群だったため、即、大富豪になれ、さっさとソフトのローンまで支払い、もちろんさまざまの残ったローンもけりがつき、涼しい顔で語っている。

「土地つき一戸建、長年の夢だった。家族も母も喜んでくれた。まあ広すぎるのがタマにキズですかねええ？」

プールつきの大邸宅、豪勢なソファに沈むように座り、ゴルフ場つきの庭を夕日を背に眺めながら、ブランデーの入ったグラスを両手であたためている。

＊

これでよかったのでしょうか？

今までヨイ生活ずくめ、幸せ三昧、カネ三昧、名誉三昧、ファン三昧で渡ってきた人生の、一握りの成功者たち。自分たちのクローンの開発のあおりを食って、ソックリばかりがこの世を横行し、社会的地位も名誉も豊かさまでも同じとなり、全く不愉快きわまると怒り狂っていた。

それもそのはず、クローンソフトは日本から世界へと手を広げ、今や地球セマシと成功者だけが、のし歩いている。

有名タレント、大富豪、スポーツ選手、政治家などなど、幸せばかりの人間だらけのオイシイ地球人が、ほぼ百パーセントをしめそうな未来の地球？　よかったよかった！

＊

地球上には夢の叶った人たちばかりが増え続け、犯罪も暗い事件もなく、泣いている人もなく、……平和で警察のいらなくなった世界になっているというのに、この世界が何となくだらけて見えたのは、神々の目からだけだろうか？

あちこちに空き缶や空き瓶、ビニール袋などに入ったゴミが捨てられ、植えこみには花が枯れ雑草がはびこった、汚れた街。ガタガタの道路。センターラインも消え始め、レールのさびついた線路……

ここを守って長年働いてきたたくさんの地味な人たち、大きなビルの掃除に朝早くから、泥まみれになり、汗を流してくれていた人たちは？

どこへ行ったのでしょうか？

彼らは、毎日の重労働と薄給がばかばかしくなり、お金を借りてまでも、クローンソフトを手に入れ、さっさと違う人生に移り変えたそうだ。

＊

ソフトで希望の叶った人たち、しかし、豊かで満足でも、アイドルばかりではファンがいない。

もうつき人が支えてくれるわけでもない。

マネージャーもつき人もみな、ソフトでなりたい自分になってしまった。

サインを求めてきたり、握手の手を差し出すファン層も、もちろん自分をやめてしまっていた。

気づかなかったが、だれでも心の中では、みんなスポットライトを浴びたいと思っていたのだ。

平凡だった人たちは、みな一握りの有名人になりかわり、クローンソフトで地球上が幸せ三昧、平和三昧に包まれるかと思えば、大変な誤算であった。

スポーツ界では、今まで彼らを支えてきたマネージャーやトレーナー、二軍選手や代打要員たちみんながいなくなった。そして会社でも部下たちは自分をやめ、実業家など人生の一握りの成功者の仲間入りをしている。

そのため地球人はオイシイ人たちの集まりで、本物と、クローンらのみが横行し上りつめた人生には、夢も希望も、生きがいもなく、貧しい心の芽が伸びまくり、小さな幸せなど、全く見えない、発狂寸前の風が吹いていた。

＊

結局、もう一度もとの自分に戻るソフトはないのかと、一部では暴動も起こり、クローンたちの中には泣きわめきちらしていた人も多々あった。

反面、プライドがぶっ壊れたもとからの一握りの成功者たちも、みんなが有名になった今、やる気をなくし落ちこむという心の傷を背負い、もう生きる希望がないと怒り狂い始めた。

ハカセの研究室のもと研究員たちもそうなのだろうか否か、さだかではないが……

地球上では手入れする人もなく、きれいな花も見られなくなった今……

取り残されたように、コンピューターのできない犬や猫が、ばかげた人間界をあざけ笑いのんびりと太陽に話しかけながら、日向ぼっこをし、平凡という幸せに酔いしれていた。

カミナリ様と子供たち

轟音とともに、閃光を放つカミナリ大王様。

人間界に対し、この世の悪行を知らしめる、これほどの恐ろしい光景はないだろう。

「ド、ド、ド、ド、ド、キャーン、バリバリバリ」

「見せて、見せて」

三歳のスーちゃんは、恐ろしい光景が繰り広げられているベランダをのぞこうと、割りこんでくる。

「スーちゃん、カミナリ様はオヘソが大好きなんだよ」

お風呂上がりで、パジャマを着せようと、部屋中スーちゃんを追いかけていたママが言った。

「カミナリ様はオヘソが大好きだから、見つけたら取るんだよ」

「スーちゃんのオヘソも取るの？」

「だから、オヘソ隠して。パジャマ着なさい」

やっとママは、スーちゃんにパジャマを着せることができた。

「ゴ、ゴ、ゴ、ゴ、ド、キャーン、バリバリバリ」

暗い大空は一筋の閃光で真っ二つに裂け、この世の終わりのような光景が広がった。

＊

そのとき、ママに抱きかかえられたスーちゃん、急に泣きわめき始めた。

「もしかして、オヘソ⁉」

ママはあわてて、スーちゃんのお腹を見た。

「あっ、オヘソが……」

「取られたの……？　ママ」

「もう一つ⁇」

その夜、痛がって眠れないスーちゃんの看病が、一晩中続いた。

＊

翌日の空といえば、昨夜の恐ろしい光景が微塵も感じられない、雲一つないきれいな青空。

「カミナリ様も、北を向いて旅行をなさったようです」

と天気予報は言っていた。

「オヘソが二つ！　オヘソが二つ」

スーちゃんは、お腹の痛みも取れ、喜んで部屋中を走りまわっている。

ママは、九時になったのを時計で確認すると病院へ電話をかけ、嫌がるスーちゃんを病院行きのバスに乗せた。

＊

小児科はスーちゃんぐらいの子でいっぱいだった。

番号札は四十五番、三時間待ってやっと、スーちゃんの名が呼ばれた。

「症状は全て同じ、オヘソが増えた。大丈夫です。昨日のカミナリ大王に盗られたのではなく、プレゼントされたのは、スーちゃんがいい子だったから」

医者はスーちゃんを、面白そうにのぞきこみ言った。

ママはこのインターンを終えていないような若い医者に不信を抱きながら、黙って見つめていた。

「一応、新しいオヘソの定着剤、それと消毒剤、飲み薬でオレンジ味のを出しておきましょう。まあ、一つのオヘソが百年として、二百年くらいは、生きられるかも？　オヘソというのはママとの命のつながりだから、どちらも大切にしてください」

「まあ、大切にしてください」

若い医者は、同じことを繰り返して言った。

処方箋をもらい、薬局へ行くと、子どもたちはもうだれもいなかった。飲み薬の袋には、なぜかかわいいカミナリ様のスタンプが押されていた。「お大事に」と……

そして天災扱いなので、費用はタダ、帰り際に受付で、

「今後の天気予報にはくれぐれも注意して。カミナリマークが出れば外出は避けてください」

と言われ病院を出た。

その後、スーちゃん親子は、保育園に向かったが、みんなまだ来ていなかった。その日はみんな遅刻だった。

＊

保育園では、お昼寝時に園児のお腹を見て、びっくり仰天！

早速、園長先生が知りあいの小児科医に電話した。

「オヘソって、たしか人間は一つ、犬や猫も一つ、哺乳類の特徴ですからねえ？　カエルは白いお腹に何もオヘソがなくて、卵生だからですよね？……そう、そう、牛などの草食動物は胃で反すうをするため、胃袋が四つとか理科で習ったんですが……」

園長は、パニックになり、自分が何を言っているのか、自分でも分からなかった。

「落ち着いてください。園長先生！　要するに、オヘソが二つになったという子がいるんですよね？　おたくの園に。その話は聞いています。本日、医師会からの報告で、昨日の巨大カミナリで、昔からの言い伝えどおり、オヘソが取られた人もあるって話、聞いてますが、そのことについて今、……まあ一つ余計に、増えたのなら、いいじゃないですか？命に別状ない。理由は解明されてませんが、まあ、オヘソなんて、母親の胎内にいる間だけ、必要とされるものですからね」

小児科医は診察中だったらしく、あしらうように園長に言った。

電話を切った後、園長は保育士の若い女の先生に言った。

「まあ、オヘソって生まれてからは、へその緒を桐の箱に入れ、親子のつながりを、大事にしたものです。そんな時代も今や過去ですから。結局、若者のビキニやヘソ出しルックの手伝い以外、何の役に立ってるのかな？　本当は大事なものだったのに。このことを女の人の立場から考えるとどうですか？」

「母子のつながりをいつまでも、忘れないもの、何人兄弟姉妹がいても、みんな母親とつながっている証なんです」

と、若い先生は言った。

＊

園児たちは、新しいできたてのオヘソに大喜び。みんなで見せあい、触りあいをしている。不思議なことに、古参の生まれ落ちる時からのものとは、形や大きさが違っているのはなぜか？

このオヘソ、一体どこからきたのか？　あのカミナリ様の大活躍の日以来……ということはやはりカミナリ様の仕業？　でもなぜこんなことを？

若い母親たちは、園児と帰る途中も、その話でもちきりだった。

＊

テレビのニュースでも伝えていたが、心配ない、と……これで一件落着かと思いきや……インターネットのホームページに、ある精神科の医者が書きこみをしていた。

「最近、精神を病んだ人が多く、入院のベッドすら不足している。これは社会現象。オヘソは母子のつながり、オヘソが増えたということは、母親が育児を放棄したり、痛ましい事件を見るに見かねたカミナリ様が、オヘソへの認識を母親に改めてさせるため、今度、新しいオヘソを増やしたのではないかと……。しかし、楽観は許せない。先日のカミナリ様の怒りはすごいもので、きわめて注意が必要とである」

その後しばらくは、平穏が続き、医者の言ったとおり、今回の新しいオヘソで、親子のつながりを再認識したのか、若い母親が起こす事件がなくなった。

＊

スーちゃんの友達のケイちゃんの家では、また一つ、悩みが生じていた。ケイちゃんの上に兄と姉がおり、ママが一人で三人の子供を育てているのであるが……。

おとなしい長男は、日頃のウップンなど包み隠し、家では何もしゃべらない。

真ん中っ子の長女ルミが、中三になり、受験を控えた頃から、母親との間に亀裂が生じ、険悪になっていった。

それまでは、真ん中っ子の寂しさを分かってくれ、可愛がってくれていた、同じ真ん中っ子育ちのパパは、ルミが小五の時、突然いなくなった。

パパっ子、ルミには大変なショックだった。

あのカミナリ様以後、そのルミが腹痛を訴えている。ルミと同じクラスのエイタ君が入院した。

エイタ君はお腹の病気だった。続いてルミも入院した。

＊

医者団は、

「プライバシーの問題もあり、今は発表を控えさえていただきます」

と芸能人の婚約会見のような、切り出しであった。

続けて、

「若者たちの間で、腹痛が大流行しています。しかし、ウィルス性のものではなく、感染性のものではありません」

医者団は急に声のトーンを下げ、深呼吸を一つして言った。

「オヘソがなくなった若者がいる、ということです」

＊

その後、若者たちのヘソ出しルックやビキニも控えめとなった。アイドルの写真集も地味で平凡なものとなり、世の男たちはぼやいていた。

「なぜ、オヘソがなくなったのか？　カミナリ様が、世の男たちの楽しみを奪う権利はあるのか」

ある日、轟きのような爆音の後に、天地創造以来の神様の低く鈍い音波のような声が、少しずつゆっくりと天から流れ始めた。

「オヘソをなくし、カエル同然となった若者たちに告ぐ。特に最近のヘソ出しルックや、ずり下げズボンは、全くふしだらである。オヘソというのは、親とのつながりの象徴である。だから親に逆らう、最近の若者にオヘソを持つ権利はない！　オマエたちのオヘソは、××病院でほとんど預かっている。また幼児には、若者から取ったオヘソのＤＮＡにより合成し、オヘソを増やした。最近の母性喪失、育児放棄などなど、例の精神科の医師のご意見どおり、育児の義務や母子のつながりを、再認識させるためであった。天のカミナリ様が、お怒りになられたのはそこであった。同時にオヘソをファッションの一部に扱うなど、みだらな若者のオヘソはレーザーメスで切り取ったのだ。ただし、そのオヘソたちは病院で生理食塩水に漬けているため、みんな元気である。世の中は変わった。昔の古きよき時代、貧しすぎる時代に比べ、今はひどい！　若者が何様気取りで、のし歩き、親や老人などの弱者を退け、彼らは年老いた身体で、低賃金と重労働に死ぬまで耐えなければならないのが現状だ。その傍らで、わけの分からない、心を持たない音楽をヘッドホンで聴き、昔のベートーベン、シューベルト、モーツアルトなどはほとんど耳にせず、日本の古きよき歌なども教科書から割愛され、意味のない歌心を育てている。音楽だけでなく、文芸面でも、今風作家のその場限りの快楽ばかりを追求した作品が、昔の大作家の文学作品を退けてしまった。このままでは、ロボット人間が増え続け、オヘソのないカエルにまで、いつか先をこされるかもしれない。カミナリ様のお怒りのあった日から、三ヶ月が経った今も、世間は何も気づいていない。今病院で預かっているオヘソには、ココロが全くない。人間が人間らしく暮らす気があるなら、今から二十四時間をタイムリミットとする。失ったココロを探し出し、二十四時間以内にそれを持ち××病院へ来い！　オヘソは人間のココロと引き換えに返してやろう」

＊

あれから一ヶ月。若者たちは、ココロを探し当てタイムリミットに間にあい、病院へたどりついたのであろうか⁉　この頃では、へそ出しルックやずり下げズボンなどの、非道徳的服装は全く見られなくなった。

電車内では、優先座席を占領し、ヘッドホンをかけ居眠りしていた若者たちも姿を消し、お年寄りや、身体の不自由な人、妊婦たちがやっと使える席となっている。

ある学校の体育館からは、倉庫をかき分けて古い音楽の教科書が探し出された。そして「ふるさと」や「われは海の子」や外国の歌曲などの歌声が、優雅に流れている。

＊

余談だが、スーちゃんの友達のケイちゃんの姉ルミも、同じクラスのエイタ君も、成長したココロを探し、オヘソを取り戻した。その反面、小さな子供たちの二つのオヘソも、心の成長とともに、新入りオヘソは薄くなってはがれ始めている……

地球をやめたいと言った日

「不埒な人間どもめ」

地球は怒り狂っていた。

そういえば「地球がやめたいと言った日」から、何年か経つ。

地球は言った。

「あの時地球人たちは、私のために、新しい第二の地球の誕生パーティーまで開いてくれた。しかし人間どもは、あれからも何も変わっていない」

地球は悔しさで、声が震えていた。

「変わるどころか、さらに犯罪が低年齢化し、命を大切にしない者たちが軽々と自殺や殺人を犯す。まるでゲームのように……」

聞き役の天が低い声で言った。

「これでは、人間のために犠牲になり住み家や命まで提供させてきた大自然や動植物に、申しわけが立たない。私は地球のあらゆる命の生みの親であり、持ち主なのだから……」

地球の声は疲れ切っているのか、だんだんとかすれてきた。相当体調がよくなさそうだ。

「あなたの決断は遅すぎた。たしかにあの時、あなたはやめると言った。そんなあなたにわたしも賛成すべきであったかも。しかし、あの頃の人間どもは、今よりかなりマシであったんだが。でもあなたは、相変わらず人間どもを信じ、過地球や未地球までをも結局提供したことになる。しかし、ここまで優遇されながら、彼ら人間どもは過去のよさも未来への抱負も、この頃では全く無視している」

天も同調した。

今、地球はこの先の動向について、どういう地球にすればいいか、自分自身決断をせまられた。もはや、やめたいと地球人たちに以前のようにデモンストレーションを起こす段階ではない。

「でも本当はやめたくないんです。私はこの地球上全てが私の一部、いとおしくかわいいんです。よい形があれば続けたいんです」

地球は、やめなくてもいい何か解決策はないかと頼みこんだ。

「早速、天空委員会全員に、緊急事態発生の連絡だ！」

天は各天体の代表が、天空拡大会議に万障繰りあわせ参加するように手を打った。

＊

　長い討論が続いた。

「こんな人間どもでも、地球が困ってるなら、私たちが引き受けざるをえない。生命が引き続き維持できる天体として、最近発見されたＴＮ星をはじめ、八惑星が名乗りをあげている。それぞれの惑星に対して、人間どものＤＮＡ適応可能の是非なども含めた検査を行うとともに、それと並行し、地球人たちにも、彼ら八惑星の適応状況のマニュアルの紹介と、それによる選択をさせよう。期限は今日から一年とする」

「期限は絶対に一律でなければならない。人間どもも、突然のことで、寝耳に水、しばらく心の準備が必要だ。パニックを起こさないためにも。それらの星に移るには、その星に適応できるエクササイズが事前に必要……」

　ある天体の星の一つが言った。

「でも私たちはまだ名のついてない星がほとんど、最近発見されたＴＮ星さんなんていいけど、人間どもを預かるなら、何か呼び名をつけてほしい」

　あるプライドの高そうな星が言った。

「ぜひともエリート地球人を」

「とんでもないことだ。星は、地球人すなわち、人間どもが各自選ぶべきだ！　プロ野球のドラフト会議とはわけが違う！」

「このことを地球にも知らせ、地球が少しでも元気になってくれるよう願っている」

天は優しい声で言った

＊

三日後、天空から地球人宛にメッセージが届いた。

それには、地球人たちに八惑星の紹介と、彼らに今後できる限り移動という選択を奨励しているとの内容が書かれていた。


「地球人ども、我儘すぎた人間どもに告ぐ。これからは、期限つきで地球を貸すが、天体ＡからＨに個人で適応できる〈それぞれのシュミレーションつきの〉器具で、即、自主トレせよ。今後、この器具で身体を慣れさせ、移動すべきその日まで、許される限り、心を決めて準備せよ」

太陽を含めた天体代表より

※八惑星の紹介

1、天体Aは、肺活量の多い若者向きである。

2、天体Bは、ノーマル。

3、天体Cは、子供向きで空気も美しく、景色がかわいらしい。

4、天体Dは、情緒不安定な人向き。

5、天体Eは、ハーブが多く老人向き。

6、天体Fは、研究者向き。

7、天体Gは、芸術家向き。

8、天体Hは、スポーツ万能者向き。

以上

とあった。

地球人たちは、ノストラダムスの大予言が流行った時代のように、パニックにはならなかった。いやそれだけ、あの頃の地球人はまだ純粋であったのかもしれない。

あれからの地球人は、未地球過地球合体の現地球で、過去の歴史や未来の予測を知り、人類の祖先とのつながりを大切に暮らしてきたはずであった。

すなわち、過去の地球上に存在した過地球の偉人たちを崇め、また、未地球の世界の予測を知って生きてきたはず？　であった。

結局、地球人の一部も現地球が嫌になり始めているに違いないようだ。

街中ではこんな会話を耳にした。

「私たちは、時には非番でもかり出され、無報酬で働いている。いかがわしい事件はもうこれ以上見たくない。こちらこそ地球をやめても行くところがあれば、そちらで暮らしたい」

三十代の警官の嘆きである。

この人は天体Bを希望していく決心を固めている。

「私はもうずいぶん働いてきました。八十五歳です。早く隠居して、穏やかに暮らしたいのですが、子孫がしっかりしないからなのか、お迎えはまだきてくれません。私でも余生を安心して暮らせるという、老人向きの天体Eを選びたいです」

ばあさんは腰をかがめて言った。

気の毒にこのばあさんは今でも現役で家事をこなし、ひ孫の育児、保育園の送迎など、一日二十四時間コマネズミのように働き続けている。

研究者たちは天体Fに、芸術家は天体Gに、スポーツマン、ウーマンたちは、天体Hを選び、手続きをとろうとしている。

幼稚園、保育園などの乳幼児、赤ん坊は、天体Cに行ってしまえば、親子の断絶があるが、その先どうなるのか、一歳、三歳、五歳の三人の母親が、迷っている。

「いいんじゃないの。人間も動物みたいに、一人立ちする時代が来たんだ。一緒に暮らしても、子が親を殺したり、他人を腹いせに傷つけたり、全くろくなことをしていない」

ある学校の教師が当然のようにその母親に言った。

「でもこの子たち、成人すれば、一体どうなるんでしょう?　ノーマルや他の天体へ移れるのかしら?」

母親が赤ん坊を抱き上げて言った。

「UFOが電車や市バスのように宇宙空間を絶えず往き来しているので、天体移動や天体変更も、条件さえ満たされれば可能だろう」

と、たまたま通りかかった学者が教えてくれた。

白髪頭で疲れきった様子の白衣の男、年齢は五十前後、黒のかばんを手にしてのらりと歩いてやってきた。

「わたしの患者たちは、人生を大切にせず、命ある日々を感謝せず、今日一日を精一杯生きることすらできないんだ」

＊

金髪超ミニスカートでパンダ化粧の女の子たちは、迷っていた。

「地球って面白いとこまだまだあるじゃん。べつにー移動なんてさあ」

と言いあっている。

しかし現実は、そうもいかないのだ。この子たちはここにいても人に危害を与えるような子たちではないが……

この子たちのカウンセラーは、

「何か光るものが隠されているかもしれない。早速適応テストを受けさせます。学校をサボってばかりなので、学力テストは無理です。芸術、スポーツ方面の適応テストで、それなりの才能でも見つかったら、天体G、Hなどに行く手続きをとりましょう」

と言った。

また太りすぎの主婦も、天体Aで腹式呼吸を学び、ダイエットしてがんばれば、少しはやせられるのでは……

＊

それぞれが、今後の進路を決めねばならない事態となった。ペットをとてもかわいがりペットに保険までかけている、トイプードルおばさんが、ペットのリリアンを抱きかかえ、リリアンのはいているピンクのプリーツスカートを引っ張りながら言った。

「毎朝のリリアンとの二人だけのお散歩が生きがいなのに、違う天体に行くなら私たち二人で死のうと考えてます」

ペットおばさんは、一人暮らし。リリアンのスカートで涙をふいた。

「おばさん、リリアンを人間の赤ん坊に見せかけて、係員をごまかせば？　保険までかけてるんだから、人間扱いで大丈夫よ」

そばに小学生が二、三人やってきて言った。

「そーなのよ！　リリアンは血統書つき、戸籍みたいなものなのよ」

おばさんは言った。

この解決策にはまだ難がありそうだが……

＊

一応各国から、代表者が集まった。

それはあれから六ヶ月後であった。

「しかし地球には、今までもう充分お世話になった。それを感謝しなかった地球人、私たち人間どもが、不埒だった。この先、食量難や経済不況の兆し。こんな中、身も心も疲れ果てた人間どもも、気分一新し住みかを変え、同じ考えを持つ者同士、仲良く暮らすのもいいのでは？」

やっと話しあいがついた。

ここまでの道のりは大変険しかった。多国語通訳者の間違った訳《やく》で、トラブルがずっと続き、最終的には手話が用いられ、やっと通じたのであった。

＊

ＵＦＯ空港に各天体ごとに集合した地球人たちは、それぞれの器具を受け取り、これから各天体にあわせ、生きる訓練をせねばならない。

これも赤ん坊や老人は、難易度の比較的簡単なオモチャで楽しく訓練ができるように、天はしくんでいた。

＊

やがて地球人が地球を去り、各天体へ適応できる能力もほとんどついてきた頃、地球からメッセージ文が、各天体へ移動するグループのリーダーのもとに届けられた。

＊

「私は今まで、タダでお貸ししてきた地球です。私はあなたたちが自分の一部のように大好きで大切に思っていました。でも、あの『やめたいと言った日』から後悔が始まりました。やめていれば、悲惨な事件も大不況も起きずに済んだのかもしれません。天災なども起きなかったかもしれません。しかしそれは、あなたたち地球人に言えること。私の今の気持ちとしては、今まで黙っていたんですが、こんな地球にされて不満です。今までの賃貸料を払ってください。私本来の姿である昔の若い地球に修復しないまま移ろうなんてもってのほか、ここから一歩も出してはやらない！」

優しかった地球の切羽詰った言葉が書かれていた。さらに続いて、

「だからこの先何もせず、タダで地球から他の天体へ飛び立とうなんて、虫がよすぎる。もとの若い地球の姿に修繕する署名なしでは、一歩も外へ出さん！　それどころか爆発してコッパ微塵に、粉々になってやる！　海などの勝手な埋め立てや、山を削り、私すなわち地球自体に危害を加えたことに対しては、必ず弁償せよ。さらに、今は、カネ、カネ、

カネだ！　今、人間どもが持っている全財産だ！　それで地球人は地球をもとどおりに、大規模改修工事せよ」

……

という内容がメッセージの裏側に、デッカイ朱書きで乱雑に追加してあった。寛大な地球の揺れ動いている心境が切にうかがわれた。

＊

地球人たちは困り果てた。お金はないことはない。しかしそれは、大富豪の家だけに……だがほとんどの地球人は中流階級もしくは貧困階級で地球の修繕費など出せなかった。

そこで大富豪に接触するしか方法はなかった。

不況の今も、彼ら大富豪は困るどころか、カネまわりがかえってよいのかも？

彼らは地球のご機嫌をうかがい、もしくは裏金でも積みここに残るのではないか？　という噂もちらほら聞こえていた。

「いつの時代も金か？」

アラビアのリーダーはため息をついた。

＊

地球人の大部分が動く意向を見せている今、怒っている地球に動揺を与え、コッパ微塵にくだかれないうちに、即、大富豪とやらを探すことになった。

アラビアのリーダーは言った。

「最近、石油の油田を新たに掘り起こし、一躍大金三昧になった知りあいがいる」

と言った。

各国の代表のそのまた代表で固められたメンバーたちは、選りすぐったつわものであったが、アラビアに向かうには決心がいった。

一週間が過ぎた。

アラビアのリーダーがその間に、大富豪と話しあいをつけてくれていた。その知らせがメールで届いた。

「明後日、アラビアに来てほしい」

とあった。

約束どおり、みんなはアラビアに向かった。

＊

「ここが大富豪の家か！」

海の見える大邸宅は端から端まで見渡すことができないほど広大な城であった。

代表たちの沈黙が続いた。

出されたコーヒーはすっかり、ぬるくなっていた。

「思いどおりの金は入った。しかし、私には跡継ぎがいない」

アラビアの大富豪は、パイプをくわえ、出窓から空を見上げた。雲ひとつなかった。

「大富豪さんの跡継ぎなら、私たちが世界オーディションでもして、選りすぐった優れものの子を探します。お願いです。地球に喜んでもらえる、昔のもとの地球に、修繕するお金を出してください」

大富豪はアラビアのリーダーがあらかじめ話をつけてくれていたので、即、同意してくれ、小切手にサインし、彼に渡した。

それでも、地球修理の見積もり金額を計算すれば、半分にも満たない。

「あとの不足分、何とかせねば……」

「心配は無用だ。ほとんどの地球人たちは財産などないから、心置きなく飛び立てる。しかし大富豪たちは地球でのこの金も他の天体では紙きれ同然。きっと金を出しても地球に残るはずだ」

アラビアの大富豪は、地球に自分だけ金を出すのが嫌なのか、にやりと笑うとこう言った。

アラビア帰国後、各リーダーたちが、それぞれ各国の大富豪にメールでおうかがいを立て、厳しかったが、受け入れられ、やっと金の算段がついた。

＊

地球人たちがほとんど飛び立つという、五月の別れの朝、快晴だった。

大富豪たちも、地球人がＵＦＯにて飛び立つ姿を見送りに現れた。

彼らの姿を必死でビデオに収めていた。

中流階級も貧困階級もそれぞれが、希望に燃えて各天体に移るようだった。

大人も子供も、希望に燃えて、遠足の朝のようにはしゃいでいた。

この間まで同じ中間階級だった成金大富豪の未亡人は、ペットを抱き締め涙ぐんでいた。

今では、すっかり、人口の希少になった地球、時々Eメールや画像が地球に届く。

「私たちは、各天体で楽しく過ごしています」

と小学生からのメッセージ。

選んだ天体が、それぞれの人たちにとって、ぴったり適応したのか、選び方に間違いはなかったのか。

＊

親子が離れ離れになり暮らす期間もあるが、成人すればＵＦＯに乗り、老いた両親にも会える。だから、過去の地球のように親子間での殺人も起きない。

芸術やスポーツ三昧を満喫できる天体Ｇ、Ｈ。

やっと老後の安定を得、ハーブの香りの中で生き、余生を楽しんでいる、天体Eの人たち、その中にはあの八十五歳のばあさんもいた。あの頃は、天国からのお迎えのみを待つ日々であったが、今はここに来られて、新しくできた茶飲み友達とのデートの日を、天体日カレンダーで待っている。

ばあさんは若返り、真っ赤なカチューシャを白髪頭につけていた。

＊

各天体から毎日のように、地球に届くメッセージや画像。本当によかった。

残った地球の大富豪たちも、地球をもとの姿に戻すため、古代の大先輩が残してくれていた地図を参考に、大規模工事中である。

埋め立てた土を海から掘り起こし、山に運んだり、大富豪たちは今まで知らなかった肉体労働の喜びを初めて知り、全員集まって積極的に、毎日働き続けている。

そして少しずつ戻ってきつつある昔のような自然の中で、動植物も生きる喜びを大富豪から与えられ、犬猫猿も昼寝から覚め、仲よく転げまわってはしゃいでいる。

青い空では、小鳥たちもしばらくぶりのかすれた声で、発声練習をしている。

大富豪たちも全財産をはたいて、地球修理につぎこみ、今までになく、有意義に金が使え、生きる喜びをかみ締めていた。

＊

ここまでくるにはいろいろあったが……

今では、あの地球も、喜んでくれているのか、この頃、自然がまぶしすぎるくらい美しく、真夏でも昼間の太陽が優しく、冬の夜空では、星たちが過去の星座との隙間にピースという星文字の星座を作っているようだった。

【著者略歴】

池上 喜美子（いけがみ きみこ）

和歌山県出身。本名池上美代子

大阪府で公立学校（主に中学校）の教師を約30年間務める。

名《な》もない人《ひと》こそヒーローさ

2012年4月5日　第1刷発行

著　者 ── 池上《いけがみ》 喜美子《きみこ》

発行者 ── 佐藤 聡

発行所 ── 株式会社 郁朋社《いくほうしゃ》

〒101-0061　東京都千代田区三崎町 2-20-4

電　話　03（3234）8923（代表）

FAX　03（3234）3948

振　替　00160-5-100328

印刷・製本 ── 日本ハイコム株式会社

落丁、乱丁本はお取り替え致します。

郁朋社ホームページアドレス　http://www.ikuhousha.com

この本に関するご意見・ご感想をメールでお寄せいただく際は、

comment@ikuhousha.com までお願い致します。

 ISBN978-4-87302-517-9 C0093